DES CAUSES PHYSIQUES

ET

MORALES,

QUI ONT INFLUÉ SUR LES PROGRÈS

DE

LA PEINTURE ET DE LA SCULPTURE

CHEZ LES GRECS,

Lu dans la Séance publique de la Société Philotecnique, le 20 Pluviôse, an 9;

Par le citoyen LE BARBIER l'aîné, Membre de la ci-devant Académie de Peinture, citoyen de la ville de Beauvais, de la Société Philotecnique et de celle d'Emulation de Rouen, sa patrie.

A PARIS,

DE L'IMPRIMERIE DES SCIENCES ET ARTS, RUE VENTADOUR, N°. 474.

Floréal, an 9.

LES

CAUSES PHYSIQUES

DE LA

MORALE,

OUVRAGE LU SUR LES PROGRÈS

DE

LA PEINTURE CHEZ LES SCYTHES,

CHEZ LES GRECS,

Lu dans la Séance publique de la Société
Philotechnique, le 20 Pluviôse, an 9,

par le citoyen L. C. BARBIER, Relet,
Membre de la ci-devant Société de Point-
ture, ci-devant de la ville de Mâcon, de
la Société Philotechnique et de celle d'Har-
lem, de Rouen, ou autre.

A PARIS,

De l'Imprimerie des sciences et arts,
rue des Capucines, n.° 21.

AVANT-PROPOS.

Ce faible essai n'aurait jamais vu le jour, sans l'indulgence avec laquelle le public en a entendu la lecture, malgré le désir ardent de contribuer à l'honneur des arts, qui ont fait et feront, jusqu'à mon dernier soupir, le bonheur de ma vie. Je sens qu'un sujet aussi intéressant demandait une plume plus exercée pour arriver au but que je me suis proposé : cependant, encouragé par la société Philotecnique, et cédant à la demande de plusieurs artistes, je le publie ; et je croirais avoir fait quelque chose, si je provoquais le zèle de mes confrères et des gens de lettres à contribuer aux progrès des arts par de savans écrits.

Je prie le lecteur de ne pas oublier que c'est un artiste qui écrit, et qu'on ne doit exiger de lui que des raisons, et non les grâces de l'élocution, ni cette méthode rigoureuse que les arts ne donnent pas le tems d'étudier.

J'ai dû joindre des notes au discours, afin de développer des observations qui auraient ralenti la rapidité si nécessaire dans une lecture publique. On y verra toutes les autorités sur lesquelles je m'appuie, et que l'histoire et l'expérience ont été mes guides.

DES CAUSES PHYSIQUES ET MORALES,

QUI ONT INFLUÉ SUR LES PROGRÈS

DE

LA PEINTURE ET DE LA SCULPTURE

CHEZ LES GRECS.

Je ne remonterai point à l'origine des arts, pour en suivre la marche, les progrès et les révolutions ; ce serait en entreprendre l'histoire. Elle n'est pas de mon sujet ; et Winkelmann qui l'a écrite, ne laisse rien à désirer.

Pausanias, dans son voyage de Corinthe, parle avec éloge des premières figures en bois du statuaire Dédale, qui existaient encore de son tems. Il convient qu'à la première vue elles n'avaient rien de gracieux ; mais quand on les contemple avec attention , elles ont , dit - il , quelque chose de divin.

Ce que l'on connaît de la marche tardive de l'esprit humain , me prouve que Pausanias jugeait de ces statues plutôt en amateur qu'en connaisseur éclairé. Malgré son autorité , je franchirai donc l'espace de tems nécessairement compris entre la naissance de l'art et sa perfection.

Les Grecs, organisés pour éprouver toutes les sensations, et doués d'une sensibilité extrême, eurent tous les goûts. Avides des jouissances de l'esprit et des sens , leur imagination ardente et créatrice les produisit et les perfectionna toutes. Nés sous un ciel pur et serein et sur un sol fécond , où la nature semble avoir pris plaisir à déployer le luxe de ses bienfaits, ils n'eurent point, comme dans les contrées septentrionales, à combattre contre l'intempérie des saisons. Or, s'il est vrai , pour me servir des expressions de Montesquieu , que *le caractère de l'esprit et les passions du cœur sont extrêmement différens dans les divers climats*, rien ne doit paraître plus propre aux progrès de l'esprit et du génie , que la température heureuse et constante de la Grèce.

L'homme qui n'est point énervé par les ardeurs brûlantes de la zone torride , qui n'a point à se défendre contre la rigueur excessive

d'un froid meurtrier , et qui n'est attristé ni
par des brouillards qui l'offusquent , ni par des
vapeurs grossières et malfaisantes qui le dé-
goûtent de la vie , qui jouit enfin sans contrainte comme sans douleur de toute la pléni-
tude de son être. ... un tel homme , dis-je , est
incontestablement le plus propre aux grandes
et sublimes conceptions du génie ; son imagination est plus riante et plus active , ses moyens
d'exécution sont plus multipliés et plus effi-
caces.

Les arts , comme les plantes , demandent un
climat qui leur soit propre. Il en est qu'on ne
doit jamais espérer de naturaliser , et dont on
ne peut , comme de la plupart des plantes exo-
tiques , conserver l'espèce dans un climat qui
leur est étranger , que par les soins particuliers
que l'on en prend. Les extrêmes leur sont également contraires. On ne les verra point fructifier sur les rives glacées de la Néva , ni dans
les sables brûlans de la Lybie (1). C'est parce
qu'ils développent davantage la sensibilité, que
les climats tempérés sont plus propres que les climats froids à faire fleurir les arts et les sciences ;
et l'on peut dire qu'il en est des productions
de l'esprit et du génie comme des productions
physiques de la nature , qui doivent tout à une
chaleur génératrice, conservatrice et réparatrice.

Les Grecs étaient si profondément convaincus de cette vérité, qu'ils avaient nommé le soleil le père des arts et des sciences, et que, d'après leur Mythologie, Apollon, qui dirigeait cet astre bienfaisant, était en même-tems le Dieu des arts.

Doit-il donc paraître étonnant que la peinture et la sculpture aient prospéré sous le riant et beau ciel de l'Attique ? C'est-là, dit Platon, que Minerve a choisi la demeure de son peuple favori, et c'est sous le ciel voluptueux de l'Ionie, qu'on vit naître les premiers poëtes et tant d'hommes célèbres dans tous les genres. Appelles, le peintre des grâces, reçut le jour sur cette terre fortunée et chérie des Muses. Les arts en étaient, pour ainsi-dire, les plantes indigènes.

Il suffit d'avoir, en voyageant, observé, comparé, pour ne pas pouvoir douter de l'influence du climat sur le génie des nations. Celle du climat heureux de la Grèce s'étendit jusque sur la configuration de ses habitans ; et je dois mettre au nombre des premières causes de la perfection des arts, la beauté des formes que les artistes surent si bien imiter.

Qui ne sait que la nature, variée dans ses opérations, a distingué les peuples divers qui couvrent la surface du globe, par des traits caractéristiques? Elle semble ne les avoir séparés par des fleuves, des mers et des montagnes, que pour rendre cette diversité de leurs traits et de leur couleur plus sensible et plus marquée.

Que ceux qui seraient tentés de contester l'influence du climat sur les formes et le développement de la beauté, prennent la peine de comparer les habitans du nord de la France avec ceux de ses parties méridionales; ils reconnaîtront, sur-tout dans les traits du visage, qui sont les seuls apparens, combien cette différence est frappante. Vers le nord, le nez fait à sa racine un angle rentrant avec le front; à mesure qu'ils avanceront vers le midi, cet angle leur paraîtra moins sensible. Si, franchissant les monts, ils traversent l'Italie, passent à Rome, à Naples, et continuent leur voyage et leurs observations jusqu'en Sicile, ils verront de proche en proche le profil prendre un ensemble plus marqué, le nez et le front s'approcher de la ligne droite, les physionomies présenter un caractère plus noble, plus spirituel et plus ouvert; tout, jusqu'au langage, se ressent de l'influence du climat.

Mais le dernier terme pour arriver à la beauté parfaite, est le continent de la Grèce, ainsi que les îles de l'Archipel.

Cette gradation marquée dans les traits du

visage , est également bien prononcée dans
toutes les parties du corps ; mais nos vêtemens
sont un obstacle à cette observation.

Pourquoi donc cette progression suivrait-elle
la température du climat , si elle n'en était pas
l'effet nécessaire ?

La chaleur dilate les solides , raréfie le sang
et facilite la circulation ainsi que le mouvement
des sucs nourriciers , qui , se portant avec plus
d'abondance dans toutes les parties du corps ,
en développent plus sensiblement les formes.
Il en résulte que les muscles sont plus sou-
tenus , et que leur gonflement en arc adouci
se prolonge avec plus de grâce jusqu'à leurs
extrémités ; tandis que l'action du froid est
d'agir en sens inverse de la chaleur sur les
corps qui en sont frappés ; et les brumes , en
répandant la tristesse et la mélancolie sur les
figures qu'elles environnent , en altèrent la
beauté.

Cette influence du climat est tellement évi-
dente que , sous le ciel même de la Grèce , la
beauté n'était point par tout à un égal degré de
pureté , ce qui provenait des modifications de
température , causées par les positions géogra-
phiques.

Dans la considération générale de l'espèce
humaine , on rencontre souvent des exceptions

frappantes dans les lois de la nature , et qui étonnent ceux qui n'entendent par climat que la distance plus ou moins grande d'un pays à l'équateur : mais les médecins savent qu'il est d'autres circonstances locales qui peuvent modifier ou même altérer le tempérament d'un peuple , des habitans d'une province, d'un canton. Telles sont , par exemple , le voisinage des marais , des rivières , l'élévation ou l'abaissement d'un sol, au-dessus ou au-dessous du niveau de la mer.

Hippocrate est le seul écrivain qui , jusqu'à nos jours, ait présenté quelques vues véritablement utiles sur cet objet intéressant; sans doute, parce qu'à ses connaissances profondes sur la nature humaine il joignait toutes celles que l'on avait acquises de son tems sur la physique des lieux , de l'air et des eaux. Il avait remarqué que les Thébains , quoique peuples limitrophes de l'Attique , qui vivaient sous un ciel épais, étaient lourds , massifs et moins beaux que les autres Grecs. Il fait la même remarque de tous les pays humides et marécageux. Ajoutez à ces causes, la nature des alimens, qui agit si puissamment sur les tempéramens , et par suite sur la conformation. On attribue même à certaines eaux des qualités malfaisantes qui produisent la grosse gorge et d'autres difformités.

Personne n'ignore que les variations de la température de l'air n'engendrent de fréquentes maladies qui, par succession de tems, font dégénérer l'espèce. Tous ces principes destructeurs ne se faisaient point sentir dans les belles contrées du Péloponèse et dans l'Asie mineure. Les chaleurs de l'été n'y sont point accablantes, parce qu'elles sont tempérées le jour par les vents frais de la mer, et la nuit par d'abondantes rosées.

Je crois pouvoir conclure de tout ce qui précède, que la Grèce, également éloignée des glaces du pôle et des feux de la ligne, a dû, par l'heureuse influence de son climat, produire la plus belle race d'hommes connue (2). En effet on a remarqué que les zones brûlantes et glaciales sont généralement peuplées d'habitans difformes.

La nature sans doute avoit destiné la Grèce à fournir de modèles à tant de chefs-d'œuvres que nous ne cesserons d'admirer. La prééminence de ses habitans sur les autres nations par la beauté singulière de leurs traits, est tellement incontestable, que même encore aujourd'hui, malgré le mélange des races étrangères, on remarque en eux une grâce et des charmes qui attestent la supériorité de leurs ancêtres. Enfin, c'est en Grèce exclusivement que l'homme, créé à l'image des Dieux, dût servir aux statuaires et aux peintres à former des Dieux semblables à l'homme (3).

L'influence du climat de la Grèce sur le génie, la conformation et la beauté des formes de ses habitans..... voilà donc ce que je considère comme la cause physique de la perfection de la sculpture et de la peinture.

Je vais passer à l'examen des causes morales qui secondèrent si puissamment les causes physiques.

La première de ces causes morales est la Mythologie (4). Son pouvoir enchanteur avait peuplé l'Univers de divinités, ou, pour mieux dire, divinisé toutes les parties qui composent l'Univers...... *Tout était Dieu*, dit Bossuet dans son Histoire Universelle, *excepté Dieu même* (5).

Les élémens personnifiés, les saisons, les mois, le jour et la nuit, les vertus et les vices, toutes les passions, les talens, les crimes, les châtimens mêmes et les récompenses...... quelle mine féconde pour l'art! quel programme pour le génie !

Homère avait chanté sur sa lyre divine les Dieux et les héros ; mais tous ces êtres incréés n'avaient d'existence que celle de la pensée. Il fallut les rendre visibles et palpables à des êtres

sensibles, et bientôt la peinture et la sculpture vinrent frapper les regards et exciter l'enthousiasme de toute la Grèce, avide, comme
je l'ai dit, de jouissances et de nouveautés.
Environné de modèles parfaits dans les deux
sexes, les arts dont je viens de parler en
immortalisèrent les beautés en les fixant ; ils
enfantèrent des chefs-d'œuvres.

La nature ayant tout fait pour les Grecs,
seconda leur intelligence et leurs efforts, et
sa libéralité leur découvrit d'immenses trésors
qu'ils surent si bien faire valoir.

Elle offrit à la sculpture les moyens d'assurer
la durée de ses merveilles, en lui découvrant
les vastes carrières des marbres précieux de
l'île de *Paros* et du mont *Pentelique*. La terre
ouvrit son sein, et lui présenta ses mines d'or,
d'argent et de cuivre (6) ; l'Inde lui fournit
son ivoire et ses pierres précieuses.

Matières impérissables comme le génie, l'art
seul pouvait vous ennoblir ! La seule Mythologie des Grecs pouvait lui faire concevoir
l'idée de vous employer aux images des Dieux !

Sans la Mythologie et sans le génie des
Grecs, le marbre brut serait encore enseveli
sous le roc qui le renfermait. L'or seul, arra-
ché des entrailles de la terre par les mains de
l'avarice et de la cupidité, mais n'offrant rien

à notre admiration, n'aurait servi que d'ins-
trument à nos malheurs.

Qu'il me soit ici permis d'admirer en pas-
sant la sublimité du génie et la sagacité des
artistes grecs dans la représentation des Dieux.
Ils donnèrent à chacun d'eux un caractère par-
ticulier, emblême du rang qu'il tenait dans
les cieux, sur la terre, sur les eaux et dans
les enfers. La configuration ou les attributs de
chacun de ces Dieux étaient analogues à sa
puissance ou ses fonctions; et de même que
les poëtes, regardant comme indignes des
Dieux les alimens grossiers destinés aux mor-
tels, avaient imaginé pour leur table le nectar
et l'ambroisie. Quel que fût l'âge apparent sous
lequel les statuaires et les peintres grecs les
représentassent, ils supprimèrent de leurs images
les veines et les artères (7), indices d'une vie
périssable, et qu'ils crurent ne pouvoir con-
venir aux Dieux immortels.

Après avoir bien déterminé avec leurs prêtres (8) les différens caractères propres à chaque
divinité, les artistes ne s'en écartèrent plus,
afin qu'on ne les confondît point comme objets
du culte et de la vénération publique. De là
vient que chaque divinité grecque est facile
à reconnaître, même dans les statues mé-
diocres. Si l'on a quelques connaissances

des monumens de l'art, on ne s'y méprend
point; on n'a pas même besoin des attributs
emblématiques qui les caractérisent; les formes
suffisent. On reconnaît toujours Jupiter à sa
vaste poitrine et à la touffe de cheveux qui
ombrage son front où règne la bonté. Junon,
à la fierté de son maintien ; la majesté d'Apollon, la noblesse de Minerve, la sévérité de
Diane, la légèreté de Mercure, la force de
Neptune, les larges épaules de Pluton, la
souplesse et la jeunesse de Bacchus, la sim-
plicité des Muses, la naïveté des Nymphes,
la rudesse des Faunes, la lubricité des Sa-
tyres. . . . . . Tous ces caractères sont si différens, qu'il est impossible de s'y méprendre et
de les confondre.

Mais n'oublions pas Vénus. . . . . Dans toutes
les statues antiques, même dans les plus im-
parfaites copies, on retrouve les traits d'un
bel original. Sa taille élégante, la souplesse
de ses mouvemens, les ondulations insen-
sibles de ses contours, arrondis sans enflure ;
ses faucettes adoucies, qui semblent receler la
volupté ; ces monts d'albâtre qui s'élèvent sur
sa poitrine, pour être le trône des amours et
se terminent par un bouton semblable à celui
qui fait naître la rose ; enfin, sa tête céleste et
charmante, dont la coiffure lui est particulière,

exprime,

exprime, dans tous ses détails et principalement
dans ses yeux, le désir qu'elle inspire et le
plaisir qu'elle promet. Elle rappelle à l'imagination l'essence dont elle était parfumée quand,
pour tromper Vulcain, elle permettait au Dieu
de la guerre de la rendre infidelle.

A tant de grâces, à tant de charmes, qu'on
oppose, pour contraster, l'opulence charnue et
nerveuse des muscles prononcés d'Hercule, et
l'on aura le complément de toutes les perfections de l'art grec, dont la Mythologie est la
source intarrissable. Sans elle, le génie de
l'homme ne se serait point élevé au-delà du
possible, pour nous représenter des Dieux dont
les formes sur-humaines nous font douter,
dans l'enthousiasme qu'elles nous inspirent, si
ce sont les chefs-d'œuvres d'une main mortelle.

La différence sensible que les Grecs, par
une nouvelle preuve de leur sagacité, mirent
dans les proportions et le style des formes,
entre les Dieux, les héros et les athlètes, semble
attester aussi que sans la mythologie, leur génie
ne serait pas demeuré oisif. La passion de
peindre et de modéler était si forte, qu'elle se
montrait jusque dans leur langue, dont les
termes sont pleins d'images et de tableaux.
D'ailleurs l'amour de la patrie et de la liberté,
qui leur inspira de si grandes choses, aurait

B

toujours fait naître à leurs artistes le désir de
transmettre à la postérité les images des héros
et des bienfaiteurs de l'humanité ; mais alors le
statuaire n'aurait pû voir que l'homme dans
le héros, quelque beau, quelque parfait qu'il
eût été par les grâces de la figure et les proportions du corps. La Mythologie, au contraire, élevant l'artiste jusqu'au-dessus de la
région éthérée, il s'y dépouilla, pour ainsi-
dire, de tout ce qui tient à la nature humaine,
pour chercher la Divinité même, et ses efforts
furent d'autant plus heureux, qu'il ne doutait
pas de l'existence des Dieux qu'il adorait.

Avec un aussi grand nombre de Dieux qui
avaient un culte, des prêtres, des temples, des
autels, il fallut multiplier les fêtes et les cérémonies religieuses (9) . . . . . Nouvelles sources
de sujets pour exercer l'art et multiplier ses
moyens : aussi nous apprenons de Pausanias,
que la Grèce était peuplée d'autant de statues
que d'hommes vivans.

La religion des Grecs, dont le peuple ne
devinait point le sens allégorique et ne péné-
trait point le secret des mystères, secondait la
politique. Mais comme il est attaché à la nature
humaine de trouver toujours le mal à côté du
bien, cette religion produisit, à la vérité, par
la fourberie des prêtres, la superstition, fille

(19)

de l'ignorance : mais si la Grèce n'eût été peuplée que de philosophes , nous n'aurions point
les poésies d'Homère (10), et les chefs-d'œuvres
de la sculpture n'existeraient point. Pardon-
nons donc à la superstition des erreurs qui ne
peuvent plus nous tromper , en faveur des
jouissances infinies dont nous lui sommes re-
devables, et n'oublions pas que nous lui devons
le plus bel ornement de nos triomphes , et les
fruits les plus rares et les plus estimables de nos
victoires en Italie.

Les lauriers que nous avons cueillis dans
cette contrée célèbre (qui s'était elle-même
enrichie des dépouilles de la Grèce (11)) de-
vaient être accompagnés par le dieu qui les fait
croître. L'Apollon est enfin venu dans nos
murs dicter aux artistes de sublimes leçons,
recevoir leur encens et le tribut de l'admiration
générale.

L'influence du climat, la Mythologie, l'amour
de la patrie et de la liberté auraient pu suf-
fire aux progrès de l'art ; mais le génie des
Grecs était trop fécond , pour ne pas en multiplier encore les causes, et toutes leurs institutions politiques en fournirent d'innombrables.
Des jeux, des spectacles (12) , des combats ,
des triomphes ; les talens honorés, les grands
hommes déifiés. : . . . . . Quel peuple, quelle na-

tion firent autant pour la gloire et pour arriver
à l'immortalité ?

Les jeunes gens s'exerçaient nus dans les gymnases, à déployer leur force et leur adresse (13).
Les mœurs des Grecs ne s'en offensaient point,
parce qu'ils faisaient consister l'indécence dans
les actions, et non dans la nudité. C'était là
que les sculpteurs et les peintres allaient étudier
les belles formes et les mouvemens qui leur en
développaient toutes les grâces. C'est-là qu'en
réunissant les perfections éparses (14), et qui
se trouvent si rarement réunies dans un même
sujet, ils créèrent le beau idéal, dont ils ont
laissé tant de modèles qui semblent inimi-
tables.

L'attention des artistes à perfectionner les
arts était d'autant plus grande, qu'ils avaient
des connaisseurs éclairés pour juges, et que
leurs ouvrages étaient exposés aux regards d'un
peuple instruit. On sait qu'Aristote recomman-
dait aux jeunes Grecs l'étude du dessin, pour
qu'ils fussent plus en état de juger des formes
et des proportions qui constituent la vraie
beauté, dont on faisait tant de cas dans toute
la Grèce.

L'histoire est remplie de faits qui prouvent
combien la nature fut prodigue de cette faveur
envers les Grecs, et combien elle était en con-

sidération chez eux. Avec quel soin ils élevaient
leurs enfans! Qu'elle était leur application à chercher les moyens de développer en eux les grâces
du corps! Quelle attention du gouvernement à
seconder ces vues générales! On allait jusqu'à
proposer des prix pour ceux qui tendraient
plus heureusement à ce but. On évitait soigneu-
sement tout ce qui pouvait altérer la régula-
rité des traits. Alcibiade cessa de jouer de la
flûte, parce qu'il s'aperçut qu'elle lui faisait
tourner la bouche; et les jeunes Athéniens,
prétendant également à la beauté, l'imitèrent.
Enfin ou disputait le prix de la beauté comme
celui des talens.

Les philosophes grecs, moins sévères que les
nôtres, connaissant bien la beauté, savaient
l'admirer. Ils y attachaient même un si grand
mérite, que Platon la place au rang des premiers biens humains. Plutarque et Zénon la
nommaient *fleurs de vertu*; Homère, *don divin*; Aristote, *lettres de recommandation*.
Démosthènes ne se contentait point de la placer
au premier rang des perfections de la nature;
il disait qu'elle *tenait la place de la divinité
sur la terre*. Un Pythagoricien appelait les belles
personnes, *dieux, déesses*, ou *images di-
vines*. Isocrates, parlant d'Hélène, disait que
les Dieux combattirent avec plus de fureur

pour elle, que dans la guerre des géans. Lorsque, tant de philosophes l'ont ainsi vantée, l'on peut en conclure qu'elle n'était ni imaginaire, ni rare, comme l'a prétendu l'auteur des Recherches sur les Grecs (15), M. Paw, et qu'elle n'était présente à leur pensée que parce qu'elle était sans cesse devant leurs yeux.

Si je consulte les poëtes, je vois dans le plus grand nombre de leurs écrits des monumens élevés à sa gloire ; à chaque page je lis les effets de son irrésistible pouvoir.

Aurait-elle été ainsi chantée si elle n'eût pas existé ?

J'en ai dit assez pour en pouvoir tirer la conséquence que tous les triomphes de la beauté sur les Dieux et les hommes, dont les fables grecques sont remplies, prouvent que cette perfection de la nature était générale chez le peuple inventeur de ces fables enchanteresses.

Cette estime désordonnée des avantages corporels était portée chez les Grecs jusqu'à la barbarie. L'histoire nous apprend que lorsqu'il naissait un enfant à Sparte, il était examiné par des juges, qui le rejetaient du nombre des vivans, s'ils remarquaient en lui quelque vice de conformation, et le faisaient précipiter dans l'Eurotas. Plusieurs villes suivirent cet horrible exemple (16).

Mais détournons les yeux d'un spectacle aussi révoltant. Transportons-nous par la pensée sur les bords de l'Alphée, vers le stade d'Olympie (17), où la Grèce assemblée aux beaux jours du printems, déployait la majesté nationale dans tout son éclat, pour la célébration des grands jeux. Quelle pompe ! quel spectacle imposant ! Combien de tableaux offerts à l'art ! combien de modèles à imiter ! Des luttes, des courses de toute espèce, des chars, les triomphes des vainqueurs, aux acclamations d'un peuple immense ; le groupe vénérable des magistrats qui présidaient à ces fêtes. . . . . que de sujets propres à échauffer le génie, à développer le talent, à l'exercer, à le perfectionner ! C'était encore à ces solennités que l'on disputait le prix de tous les genres d'esprit et de savoir. Hérodote y lisait son immortelle histoire ; Pindare y chantait ses hymnes sublimes en l'honneur des Dieux, et célébrait les vainqueurs, en attendant que la sculpture leur élevât des statues.

Tel est le précis de ce que les institutions grecques offraient aux regards des artistes, pour embraser leur imagination déjà si combustible, et porter l'art au plus haut degré de perfection et du sublime.

On désirait autant de faire une statue que de la mériter.

Ajoutons à tant de ressources la facilité que les mœurs donnaient aux artistes pour se procurer les plus beaux modèles. On s'honorait d'avoir servi pour l'exécution d'une belle statue. Alcibiade servit de modèle pour une statue de Mercure. Ainsi l'on vit la belle Phriné, au rapport d'Athénée, se baignant aux yeux des Grecs éblouis de sa beauté, servir de modèle pour la *Vénus Anadyomène.* Ainsi les Agrigentins envoyèrent à Zeuxis les plus belles filles d'Agrigente, pour en extraire les grâces et les beautés dont il composa son fameux tableau d'Hélène, si célèbre dans l'antiquité.

Tout inspirait l'art, tout concourait pour ainsi-dire à l'envie à sa perfection. On vit la jeunesse d'Athènes danser nue sur le grand théâtre, et ce fut Sophocle qui donna, pour célébrer la fête de Cérès, ce spectacle si fort en contradiction avec les idées que nous avons de la décence. Je crois avoir démontré que la peinture et la sculpture n'ont manqué d'aucunes ressources pour arriver à la perfection. Je ne puis cependant me défendre, en finissant, de mettre encore au nombre des causes morales de cette perfection, le plus puissant de tous les véhi-

cules , celui qui met en action tous les autres ;
ce moyen dont l'empire est si absolu sur des
ames sensibles altérées de gloire.

On devinera sans peine qu'il ne peut être ici
question que de la considération dont jouis-
saient les artistes grecs , et des marques écla-
tantes et vraiment flatteuses qu'ils en recevaient.

Cette considération fut si grande que , dans
la crainte de l'affaiblir , les Grecs ne permet-
taient l'exercice des arts qu'aux personnes de
condition libre. Les Romains, au contraire, en
abandonnaient la culture aux mains de leurs
esclaves (18) ; aussi ne vit-on point les arts
s'élever dans Rome au degré de supériorité où
les Grecs les portèrent. Mars était le dieu de
Rome ; Minerve , la divinité d'Athènes.

Un artiste était honoré chez les Grecs par
les distinctions les plus brillantes. La statue
d'un artiste célèbre était exposée dans une place
publique , souvent même dans les temples des
Dieux, et Socrate avait placé les artistes au rang
des sages.

Polignote ayant achevé de décorer un por-
tique d'Athènes , on mit à son ouvrage un prix
considérable. Il le refusa. Cette conduite dé-
sintéressée lui mérita un prix infiniment plus
précieux que les récompenses pécuniaires qui
dégradent en quelque sorte le talent ; un prix

beaucoup plus digne d'une ame qui ne respire que pour la gloire , dont l'amour peut seul élever l'homme au-dessus de lui-même , lui inspirer et faire exécuter de grands projets...... Les Amphyctions , ces juges dont l'équité et la sagesse étaient si généralement reconnues , portèrent , dans l'assemblée générale de la nation , où l'on pesait les destinées de la Grèce , un décret solennel , ordonnant à toutes les villes où Polignote passerait , de le loger et de le défrayer aux dépens du trésor public.

Mais quel exemple de respect pour les arts que celui que donna Démétrius au siége de Rhodes ! Le seul endroit par lequel il pouvait s'emparer de cette place , fut défendu par l'atelier de Protogène ; Démétrius ne voulant point y faire mettre le feu dans la crainte de détruire les productions précieuses de l'art que renfermait cet atelier , il leva le siége. Et ce qui n'est pas moins digne de remarque , c'est la tranquillité de l'artiste que le bruit des armes n'avait pu distraire. Le vainqueur lui ayant demandé le motif de sa sécurité ; c'est , répondit Protogène , parce que je sais que Démétrius fait la guerre aux Rhodiens et non pas aux beaux-arts.

Qu'on se rappelle l'estime d'Alexandre (19) pour les talens supérieurs, et son édit honorable

en faveur de trois artistes célèbres , Appelles ,
Pyrgotèle et Lysipe. Eux seuls pouvaient repré-
senter le conquérant de l'Asie.

L'antiquité fournit un grand nombre d'exem-
ples de ce genre. De là cette noble émulation
qui produisit tant de chefs-d'œuvres ; de là cette
multitude d'excellens artistes qui , travaillant à
perpétuer le souvenir des autres , s'ouvraient à
eux-mêmes les portes de l'immortalité. Tout
statuaire voulait être Praxitèle ou Phidias ; tout
peintre prétendait à la réputation d'un Appelles et d'un Zéuxis , comme tout soldat am-
bitionnait de devenir Miltiade ou Thémistocle.

Tel était , dans les beaux siècles de la Grèce,
le génie de ses habitans. Tel il serait encore , si
des causes secondaires n'y contrariaient pas
maintenant la nature. Le despotisme musulman
qui pèse sur la tête des Grecs modernes , en
anéantissant toutes leurs facultés intellectuelles,
et ne leur laissant pas même la liberté de la
pensée, a étouffé la dernière étincelle de ce
génie actif et créateur.... Mais que des institutions aussi grossièrement absurdes que barbares
soient anéanties , la nature reprendra ses droits,
et la Grèce radieuse sortira de ses ruines. Alors,
Athènes , Sicyone , Egine et Corinthe (20) ressusciteront du milieu de leurs décombres ,

comme le phénix de ses cendres. La philosophie et la morale, réintégrées dans leur patrie
première, y brilleront d'un éclat nouveau,
pour éclairer, pour instruire le monde, et les
arts se réuniront pour l'embellir.

Pour prévenir les objections de ceux qui n'ont pas observé d'assez près toutes les modifications dont l'homme est susceptible dans les différens climats qu'il habite, je fais précéder mes notes par les considérations de Montesquieu sur cet objet intéressant. Je ne saurais m'appuyer sur une autorité plus respectable. Il s'explique ainsi, livre XIV, chapitre II.

« L'air froid (1) resserre les extrémités des fibres
» extérieures de notre corps ; cela augmente leur
» ressort et favorise le retour du sang des extré-
» mités vers le cœur. Il diminue la longueur de ces
» mêmes fibres ; il augmente donc encore par-là leur
» force. L'air chaud, au contraire, relâche les
» extrémités des fibres et les allonge ; il diminue
» donc leurs forces et leurs ressorts. . . . . . .
» . . . .

» La force des fibres des peuples du nord, fait
» que les sucs les plus grossiers sont tirés des ali-
» mens. Il en résulte deux choses ; l'une, que les
» partie du chyle ou de la lymphe, sont plus propres,
» par leur grande surface, à être appliquées sur les
» fibres et à les nourrir ; l'autre, qu'elles sont

---

(1) Cela paraît même à la vue : dans le froid, on paraît plus maigre.

» moins propres, par leur grossièreté, à donner une
» certaine subtilité au suc nerveux. Ces peuples
» auront donc de grands corps et peu de viva-
» cité.

»

»   Dans les pays froids, les houpes
» nerveuses sont moins épanouies ; elles s'enfon-
» cent dans leurs gaines, où elles sont à couvert
» de l'action des objets extérieurs. Les sensations
» sont donc moins vives.

» Dans les pays froids, on aura peu de sensi-
» bilité pour les plaisirs ; elle sera plus grande dans
» les pays tempérés : dans les pays chauds, elle
» sera extrême. Comme on distingue les climats
» par les degrés de latitude, on pourrait les dis-
» tinguer, pour ainsi dire, par les degrés de sen-
» sibilité. J'ai vu les opéra d'Angleterre et d'Italie :
» ce sont les mêmes pièces et les mêmes acteurs ;
» mais la même musique produit des effets si dif-
» férens sur les deux nations, l'une est si calme
» et l'autre si transportée, que cela paraît incon-
» cevable.

» Il en sera de même de la douleur ; elle est exci-
» tée en nous par le déchirement de quelques fibres
» de notre corps. L'auteur de la nature a établi
» que cette douleur serait plus forte à mesure que
» le dérangement serait plus grand. Or il est évi-
» dent que les grands corps et les fibres grossières
» des peuples du nord sont moins capables de dé-
» rangement, que les fibres délicates des peuples

» des pays chauds ; l'ame y est donc moins sen-
» sible à la douleur. Il faut écorcher un Moscovite
» pour lui donner du sentiment. »

NOTES.

(1) « On ne les verra point fructifier sur les rives
» glacées de la Néva , ni dans les sables brûlans de
» la Lybie. »

Cette assertion est facile à prouver par l'histoire
et l'expérience. Quelques éclaircissemens vont d'ailleurs appuyer mon opinion.

La Russie a fixé d'abord mes regards , par sa
vaste étendue et la masse imposante de sa puissance.

Pierre-le-Grand , doué d'un génie extraordinaire ,
ne se contenta pas de défricher le sol des sauvages
contrées de son empire ; il voulut encore , si j'ose
m'exprimer ainsi , défricher les hommes agrestes et
farouches qui les habitent. Il parcourut l'Europe
éclairée , pour rassembler toutes les lumières dont
il avait besoin à l'exécution de ses grands desseins.
Dans le cours de ses voyages , il oublia , pour quelque tems , la grandeur suprême , aux yeux de laquelle la vérité se découvre si rarement ; il ne
montra de lui que l'homme , afin de pouvoir sans
contrainte , converser avec les hommes , pour en

recevoir des leçons. De retour dans sa froide patrie, l'empereur reparut avec toute sa puissance. A sa voix, les établissemens les plus utiles furent fondés ; une académie et des colléges formèrent le grand édifice de l'instruction publique : les sciences furent enseignées , les lettres de toutes les langues furent étudiées ; les arts mécaniques furent perfectionnés ; mais les arts d'imagination ne purent y germer.

Comment l'auraient-ils pu sans le concours des causes qui les font naître , et les sensations qui les éveillent ? L'imagination qui leur donne la vie n'emprunte ses enchantemens que de l'impression qu'elle reçoit des objets extérieurs ; elle ne peut créer que quand elle a vu. C'est sous le ciel, c'est au milieu de l'immense galerie que lui montre la nature , qu'elle s'échauffe , qu'elle conçoit, qu'elle enfante les merveilles des arts. Ainsi créer pour l'imagination , c'est se ressouvenir.

Les Russes retirés dans leurs poëles , et n'apercevant de leur habitation que des glaces et des frimats , peuvent-ils concevoir l'idée de la nature riante ? Peuvent-ils peindre ou décrire les charmes du printems , les prés émaillés de fleurs , dont les émanations parfumées et bienfaisantes font naître des pensées aussi douces et aussi fraîches que la rosée du matin ? Les fêtes de Flore ne seront jamais célébrées dans les plaines de la Sibérie ni sur les bords du Wolga : la déesse n'y trouverait pas une rose pour orner sa couronne.

Comment

Comment tracer des sujets inconnus? Les Russes peindront - ils les champs de Cérès et ses riches moissons? Ils ne font que les apercevoir ; ils ne connaissent point les objets embellis et colorés par les ardeurs de l'été ; ils n'existent pas pour eux.

Ils n'ont jamais vu les tableaux variés de l'automne ; ils ignorent les fêtes et le triomphe de Bacchus ; ils ne partageront point la joie des vendangeurs et le désordre pittoresque qu'elle inspire. Pour peindre les délices de l'automne, il faut avoir savouré ses fruits, pressé les raisins dans des coupes, et s'être couronné de pampres. Il ne leur reste donc que l'hiver ; mais il est éternel sous le ciel qu'ils habitent. Il glace leur intelligence comme il glace leurs membres engourdis. Or, pour peindre l'hiver même, il faut de la chaleur dans la tête.

Les plantes de l'Inde transportées dans le nord, peuvent être cultivées dans des serres chaudes, par le moyen d'un climat artificiel ; mais c'est le feu de la nature qu'il faut au génie des arts, et non celui des poêles. Le czar était trop éclairé pour faire des tentatives infructueuses, et il savait assez où se bornait sa puissance, pour ne pas sentir que s'il pouvait commander aux hommes, la nature n'obéissait pas aux souverains.

Le froid est si contraire au génie des arts, que j'ai souvent entendu dire à d'habiles artistes, qu'ils n'étaient bien inspirés qu'au printems. Cette saison est l'époque où la nature donne le signal à toutes

les créatures de se perpétuer, et aux végétaux de
se reproduire. Le fluide universel que le soleil
échauffe en pénétrant tous les corps, leur re-
donne une nouvelle vie, et agit également sur
l'imagination en donnant plus d'activité au sang.
Cette activité dans les pays chauds, va quelquefois
jusqu'au délire; mais dans les climats tempérés,
elle ne sert qu'à rendre l'imagination plus propre
à concevoir. On dit que Milton ne sentait son
génie que pendant les six plus beaux mois de l'an-
née; et l'on m'a assuré que l'auteur du beau
poëme de l'Homme des Champs, n'enfante ces
vers sublimes que nous admirons, qu'au retour
du printemps. Mais revenons à la Russie.

Catherine II trouva des hommes moins sauvages
à gouverner; mais le soleil ne s'était pas rappro-
ché de ses états depuis le règne précédent. Cependant elle forma le projet d'attirer les arts près
d'elle par la force des bienfaits. Sa libéralité cher-
cha des hommes célèbres d'un bout du monde
à l'autre, les caresses, les récompenses, des distinctions honorables furent prodiguées; vains efforts. Catherine II n'obtint de tant de soins que
quelques artistes; mais les arts ne les suivirent
pas.

Elle fonda une académie de dessin, et aucunes
productions n'ont encore attesté son existence:
tous les fruits qu'on en pourra recueillir seront
de former quelques peintres de portraits et des
dessinateurs pour les manufactures.

Catherine a dépensé des sommes considérables pour former des collections de tableaux des grands maîtres ; mais ces chefs-d'œuvres des arts , imitations parfaites de la nature embellie par un beau climat sous un ciel plus doux , ne pourront être comparés à leurs modèles : la Russie n'en offrira point , et ce n'est que par cette comparaison que l'on peut former des élèves ; tout ce qu'on pourrait en attendre , serait de faire des copistes , et encore seront-ils toujours froids , parce que n'ayant jamais vu les objets imités , ils copieront sans sentiment.

L'impératrice de Russie envoyait à grands frais en Italie des pensionnaires pour étudier les chefs-d'œuvres des grands maîtres. Sous le ciel qui protége les arts , ils firent des progrès , acquirent des talens ; mais le feu qu'ils remportèrent n'était ni celui de Vesta , ni celui de Prométhée : à mesure qu'ils se rapprochaient de la zone glaciale , sa chaleur diminuait , et il leur en restait à peine une étincelle en arrivant à Pétersbourg. Ce que je dis , je l'ai vu.

Quelles ressources la Russie pourrait-elle offrir à la sculpture , et quels modèles aurait-elle à consulter , à travers des fourrures qui défigurent l'homme , au lieu d'en laisser voir les formes ? Le statuaire ne se contente pas d'étudier dans son atelier un modèle à gage ; il étudie la nature par tout où il la trouve. En Russie , elle est toujours masquée , toujours enveloppée de la dépouille des animaux.

L'architecture ne sera pas plus heureuse que ses
sœurs, la peinture et la sculpture. A quoi lui
servirait d'élever des portiques, de construire des
galeries percées de toutes parts, qui sont si nécessaires dans les pays chauds pour respirer l'air
bienfaisant du matin et la fraîcheur des nuits ?
Elles ne seraient pas habitées. Elle doit donc se
borner aux seuls embellissemens des intérieurs,
et à la distribution commode des maisons.

Je sais qu'il n'en n'est pas de même des sciences
exactes et des sciences morales. Elles sont le fruit
des méditations, du silence et de la retraite : ainsi
les glaces de la Russie ne peuvent en empêcher les
progrès, et le feu des poëles leur suffit ; mais le
nord doit renoncer aux beaux arts. On peut lui
appliquer ces beaux vers de Crébillon :

> La Nature marâtre en ces affreux climats,
> Ne produit, au lieu d'or, que du fer, des soldats.

Ce que j'ai dit des pays froids me dispense de
m'étendre sur les pays de la zone brûlante ; on sait
que les extrêmes produisent les mêmes effets par
des causes opposées. Quand les corps sont énervés
par une chaleur excessive, les ames ne sont capables d'aucune résolution, ni l'imagination d'aucune conception, et l'histoire ne nous a transmis
aucun monument célèbre qui atteste que les arts
aient été cultivés avec fruit dans ces climats de feu.

(2) « La Grèce a dû produire la plus belle race
» d'hommes connus. »

Les gens du monde en général connaissent peu le génie des arts, et n'ont aucune idée sur-tout de ce qui constitue l'art grec. Ceux qui ont fait quelques études de l'histoire, savent que les Grecs n'étaient pas d'une haute stature, d'où ils concluent, sans autre examen, que les habitans du Nord, dont la taille leur en impose, doivent présenter les plus belles formes. Ils ne savent pas que la perfection d'un modèle ne se mesure point à la toise, mais qu'elle consiste dans le parfait rapport de toutes les parties et dans le choix de leurs formes. Il ne s'agit ici que du style de ces formes, dont les peuples de la Grèce ont seuls fourni des modèles aux statuaires. Grand nombre d'observations m'ont convaincu de cette vérité. J'ai fait déshabiller plusieurs de ces beaux hommes du Nord ; je n'ai vu que des formes plates et grêles. J'ai été à portée de faire le même examen dans les ports d'Italie, sur des hommes du Levant, et j'ai trouvé des différences sensibles avec les premiers, et que ceux-ci avaient tant de ressemblance avec les statues antiques, que je ne puis douter que leur race seule a dû servir de modèle à la sculpture grecque pour la beauté de leurs formes et le grand caractère qu'elles présentent.

Il serait à désirer pour les progrès de l'art en France, qu'on allât chercher des modèles dans le pays qui en a fourni de si beaux à la sculpture antique.

Pourquoi le Gouvernement ne ferait-il pas pour

les arts ce qu'il fait pour les sciences, si on lui en démontrait l'utilité ? L'on fait venir à grands frais des animaux d'Afrique et d'Asie ; on transporte de l'Inde et de l'Amérique des plantes qu'on ne peut cultiver que dans des serres chaudes dont l'entretien coûte des sommes considérables. On doit applaudir à cette dépense si nécessaire aux progrès des sciences naturelles ; mais comment n'a-t-on pas encore songé à faire venir de la Grèce ou de l'Italie, des modèles choisis par un artiste envoyé pour cet effet. Il n'en coûterait pas pour l'entretien de six modèles que je suppose, ce qu'il en coûte pour la pension d'un éléphant. Je crois que cette idée mérite d'être examinée.

(3) « L'homme créé à l'image des Dieux dut ser-
» vir aux statuaires et aux peintres à former des
» Dieux semblables à l'homme. »

Les artistes grecs n'adoptèrent pas la forme humaine sans raison. Ils furent en cela d'accord avec leur Mythologie, la religion et l'opinion de certains philosophes, développée dans les entretiens de Cicéron sur la nature des Dieux (*De Naturâ Deorum*). Je la rapporte ici.

« A l'égard de leur forme, nous sommes natu-
» rellement portés à croire que c'est la forme hu-
» maine : et pour ne pas ramener tout aux notions
» primitives, j'ajoute que la raison l'enseigne pa-
» reillement. Nous le savons, dis-je, par les lu-
» mières de la nature ; car n'est-ce pas sous cette

» forme que toutes les nations se représentent
» les Dieux et qu'ils s'offrent toujours à notre esprit,
» soit que nous dormions ou que nous soyons
» éveillés? Nous le savons aussi par les lumières
» de la raison : car puisque la félicité et l'im-
» mortalité concourent à les rendre des êtres
» parfaits, ne leur convient-il pas d'avoir la forme
» la plus belle de toutes ? Or quelle plus belle forme
» que celle de l'homme, pour l'assortiment des
» membres, pour la proportion des traits pour la
» taille, pour l'air ? » . . . .
» . . . .
» Certainement de tous les êtres animés, l'homme
» est le mieux fait. Puisque les Dieux sont du
» nombre ; faisons-les donc ressembler à l'homme.
» La suprême félicité, d'ailleurs, est leur partage.
» Or la félicité ne saurait être sans la vertu, ni la
» vertu sans la raison, ni la raison hors de la forme
» humaine. Donc les Dieux ont une forme hu-
» maine. »

Ailleurs, parlant toujours des Dieux, il dit :

« Ils ne sont pas composés de veines, de nerfs et
» d'os ; leur breuvage, leurs alimens, ne sont pas
» tels qu'ils leur causent des humeurs trop sub-
» tiles ou trop grossières ; leurs corps n'ont à
» craindre ni chûtes, ni coups, ni maladies, ni
» lassitude, etc..... »

Cette doctrine fut trop favorable à l'art pour
n'être pas adoptée par les artistes grecs. Aussi

voyons-nous , par les monumens qui nous restent ,
à quel degré de perfection et de sublimité la sculpture fut portée.

Nous allons voir des preuves incontestables du
pouvoir des opinions religieuses sur les arts , et
combien des idées différentes de celles des Grecs ,
furent un obstacle à leurs progrès.

On sait que c'était une ancienne tradition en
Egypte, que lorsque les Dieux furent chassés du ciel
ils se réfugièrent dans cette contrée ; et pour se
soustraire à la vengeance de Jupiter , ils prirent la
forme des différens animaux qui l'habitent. Ce fut
toujours sous ces formes qu'ils les représentèrent ,
à l'exception d'Isis , de son fils Orus , et d'Osiris ;
mais le bœuf Apis , le chat d'Isis , le crocodile ,
l'épervier , l'Ibis, le dieu Canope sous la forme d'un
vase , le Sphynx , etc. pouvaient ils offrir au génie
de l'art ces formes nobles et sublimes de l'homme ,
qui peuvent seules donner une idée raisonnable de
la Divinité personnifiée et visible ? L'on voit ici
combien la religion peut influer sur l'art. Celle des
Egyptiens fut toujours contraire à leurs progrès.
Les images n'étant pour eux que des emblêmes de
la nature et des hiéroglyphes de la langue sacrée ou
de leur histoire , ils en fixèrent la forme , afin que
le même signe rappelât les mêmes idées. Les prêtres
avaient prescrit non-seulement la forme des Dieux,
mais encore cette attitude rectiligne que nous
voyons dans leurs monumens de l'art , et qui est
toujours la même. La religion des Grecs , au con-

traire , était faite pour échauffer le génie , qui n'eût pu se soumettre à de pareilles entraves. La liberté politique dont ils étaient si jaloux , était d'accord avec la liberté religieuse , tandis que les Egyptiens furent toujours esclaves et leurs artistes méprisés.

On peut conclure de ce qui précède , que si les arts naquirent en Egypte , c'est en Grèce qu'ils furent élevés et qu'ils durent arriver à cette virilité de perfection et de force qui n'a point encore été vaincue.

Les lois de Moyse firent plus ; elles proscrivirent absolument l'étude des arts. Je lis dans l'Exorde , chap. XX , v. 4 : « Vous ne vous ferez
» point d'image taillée, ni aucune figure de tout
» ce qui est en haut dans le ciel, et en bas sur
» la terre , ni de tout ce qui est dans les eaux
» sous la terre. »

Et dans le verset 23 du même chapitre : « Vous
» ne vous ferez point de Dieux d'argent ni de
» Dieux d'or. »

Le Législateur des Juifs ne se contenta pas de défendre les images des Dieux , mais encore il défendit toute espèce de monument qui aurait pu en rappeler l'idée. On lit au chapitre XXVI du Lévitique , verset 1 :

« Vous ne vous ferez point d'idole ni d'image tail-
» lée ; vous ne dresserez point de colonnes ni de mo-
» numens , et vous n'érigerez point dans votre
» terre de pierre remarquable pour l'adorer. »

C'est précisément tout ce que firent les Grecs.

Dans le Deutéronome , Moyse rappelle les mêmes défenses d'une manière plus étendue , dans le chapitre IV , les versets 15 , 16 , 17 , 18 et 19 renferment tous les objets qu'il défend de repré-senter ; et ces objets sont non - seulement Dieu, l'homme et la femme , mais tous les animaux : les quadrupèdes , les reptiles , les poissons , les oi-seaux , et finit par la défense d'adorer les astres. Si les Grecs avaient suivi de semblables lois , que de chefs-d'œuvres nous aurions perdus ! L'Apollon du Belvedère ne recevrait pas nos hommages au Muséum.

Comment accorder ces lois qui proscrivaient la sculpture , avec les chérubins qui décoraient l'arche d'alliance ? C'est un point de l'histoire qui n'est pas de mon sujet.

Les Perses avaient de semblables lois , rappor-tées par Hérodote.

« Ils ne sont point dans l'usage (dit-il) d'élever » ni statues , ni temples , ni autels , etc. »

Cet usage ne regarde , à la vérité , que les Dieux et ce qui est relatif à leur culte ; mais est-il vrai qu'il n'était pas favorable aux arts ?

Chez les nations modernes , nous voyons que celles qui proscrivent le culte des images , ne cul-tivent point les arts ; tels sont les Musulmans et les Indiens, etc. D'après ces observations, peut-on dou-ter de l'influence de la religion sur la peinture et la sculpture. Qu'on se rappelle les tems où nos temples étaient comme autant de galeries de tableaux ; ils offraient à l'art un vaste théâtre où son génie pouvait se développer par des sujets aussi nobles qu'édifians , et c'est là où l'on a trouvé les plus grands comme les plus parfaits chefs-d'œuvres de notre École. Tous les temples d'Italie en sont encore remplis ; mais ils sont disparus des nôtres : quand la piété indigente pourra-t-elle les remplacer ?

(4) « La première de ces causes morales est la
» Mythologie. »

Je me contenterai de rapporter ici ce qu'en a dit un écrivain de nos jours, l'abbé *Sabatier.*

« Quelqu'absurde que soit la religion payenne, elle
» a été consacrée par tant de chefs-d'œuvres en
» tout genre, qu'à la croyance près, l'Univers est
» encore tout payen. C'est cette religion qui dé-
» core nos palais, nos galeries, nos jardins ; qui
» règne dans nos tragédies, dans nos opéra, dans
» nos chansons ; qui a fourni à un archevêque, (1)
» le fond du plus beau et du plus utile de tous les
» romans modernes, et qui est, pour les lettres
» et les arts, une source inépuisable d'idées ingé-
» nieuses, d'images riantes, de sujets intéressans ;
» en un mot, depuis que les gens du monde se
» piquent d'esprit et de connaissances, l'histoire
» mythologique est une des choses qu'on pardonne
» le moins d'ignorer. »

(5) « Tout était Dieu, excepté Dieu même. »

---

(1) Fénélon, auteur du Télémaque.

Je sens que la raison et la philosophie doivent repousser le polythéisme ; mais ne le considérant que sous les rapports de l'art, peut-on disconvenir qu'il ne lui ait été favorable ?.. ... Quand on est au milieu du Musée des Antiques, on oublie que les chefs-d'œuvres qu'il renferme sont les enfans de la faiblesse et des passions de l'homme ; on n'y voit que ceux de son génie, et la preuve de cette sensibilité exquise qui a besoin de multiplier les objets de son amour, de sa vénération et de ses plaisirs. Aucun peuple du monde n'a été doué à un plus haut degré de cette sensibilité, que les Grecs. Plusieurs de leurs philosophes ont adopté le système de la pluralité des Dieux, parce qu'ils ont senti que des ames expansives et aimantes avaient besoin d'aliment.

Je ne puis m'empêcher de rapporter ici ce que dit Pline de cette doctrine, qui était également celle du siècle où il vivait, quoique bien postérieur à celui des beaux jours de la Grèce. Il commence par la désapprouver, et finit par excuser l'humanité ; ce qu'il fait en ces termes :

« Chercher les traits et la forme de Dieu, est,
» à mon avis, une illusion de la faiblesse humaine.
» Dieu, quel qu'il soit, est tout sens ; tout yeux,
» tout oreilles, tout ame, tout esprit ; tout en
» lui est lui tout entier. Croire un nombre infini
» de Dieux, déifier jusqu'aux vertus et aux vices de
» l'homme, la chasteté, la concorde, l'intelligence,
» l'espérance, l'honneur, la clémence, la bonne

» foi, ou même, comme Démocrite, en admettre
» deux seulement, la punition et la récompense ;
» c'est encore une absurdité plus grossière.

» L'humanité fragile et souffrante, sans cesse
» effrayée du sentiment de sa faiblesse, a partagé
» ainsi la Divinité, afin que chacun adorât sépa-
» rément la portion dont il aurait le plus de besoin :
» de-là cette diversité de noms chez les différens
» peuples, et cette foule innombrable de Dieux
» pour chacun de ces mêmes peuples, etc. »

Pline a raisonné en philosophe ; mais si tous
les hommes avaient raisonné ainsi, que de chefs-
d'œuvres seraient encore à naître ! que de jouissances nous ignorerions !

(6) « L'Inde fournit son ivoire et ses pierres pré-
» cieuses. »

Pausanias nous apprend que les artistes grecs, pour
plaire au peuple, ne se contentaient pas des belles
carrières de marbre que la nature avait mises sous
leurs mains ; ils tiraient de l'Inde une quantité prodigieuse d'ivoire pour les statues des Dieux particulièrement. Jupiter Olympien de Phidias, à Olympie, était d'or, d'ivoire, et enrichi de pierres précieuses. Ce fut ce chef-d'œuvre que le maître des
Dieux consacra par la foudre, en signe d'appro-
bation pour un ouvrage aussi parfait. *Voyez Pausanias, Voyage en Élide.*

La statue de Minerve, nommée la Vierge, également de Phidias, élevée dans la citadelle d'Athènes

par les ordres de Périclès, était d'or et d'ivoire.
Non contens d'employer différentes matières, les
Grecs ajoutaient souvent des couleurs peintes, et
l'on peut dire qu'ils usèrent avec une prodigalité
peu raisonnée des moyens que la nature leur offrait.
Ce mélange de matières et de couleurs devait
nécessairement rompre l'harmonie et l'accord qui
doivent se trouver entre toutes les parties d'une
statue, n'ajoutait rien à sa perfection, et fut la
cause que l'avarice des conquérans brisa les unes
pour en arracher l'or, et que le tems détruisit
promptement les autres.

Il ne nous est parvenu de l'art grec que des statues d'une seule matière, soit en marbre (et c'est
le plus grand nombre), ou en bronze, telles que les
chevaux de Corinthe ; les seules que le tems dut
conserver.

L'on peut juger du mauvais effet de ce mélange
par les bustes romains que l'on voit au Musée
central des Arts. Qu'on les compare aux statues
d'une seule matière, et que l'on juge.

Chez les Grecs, l'excès de la piété ou de la superstition était en contradiction avec le bon goût,
parce qu'ils ne trouvaient pas de matières assez
précieuses pour les images des Dieux, et ils auraient voulu les rassembler toutes ; tandis que chez
les Romains, ce n'était qu'un abus sans goût de
la richesse, que Pline leur reproche.

(7) « Ils supprimèrent de leurs images les veines
» et les artères. »

Je renvoye ici à la note 3, où l'on a dû voir
que l'opinion de certains philosophes avait été
adoptée par les artistes ; avec d'autant plus de raison que, par cette suppression, on donnait de la
nature divine une idée bien supérieure à la nature humaine.

(8) « Après avoir bien déterminé avec leurs
» prêtres les différens caractères propres à chaque
» divinité, etc. »

C'est ici le triomphe de l'art et du génie des
Grecs. La religion n'y mit aucune entrave, comme
chez les Egyptiens. Quintilien nous apprend que
les anciens peintres s'étaient imposé la loi de donner à leurs Dieux et à leurs héros, la même
physionomie et le même caractère que Zeuxis leur
avait donné ; ce qui le fit nommer législateur.

« *Ille vero ita circum scripsit omnia, ut eum*
» *legum latorem vocent, quià Deorum et heroum*
» *effigies quales, ab eo sunt traditæ, cœteri tan-*
» *quàm ita necesse sit sequuntur.* »

Il est évident que cette convention fut aussi
celle des sculpteurs ; mais elle ne leur défendit
point de mettre en action les Dieux et les héros :
de là cette variété d'attitudes que l'on voit dans
toutes les statues antiques.

(9) « Il fallut multiplier les fêtes et les céré-
» monies religieuses. »

C'est ici que la religion des Grecs ouvre un champ vaste au génie des arts dans le nombre infini de ses fêtes. Si l'on compare cette religion enchanteresse à toutes celles qui lui ont succédé, on ne pourra disconvenir qu'elle n'ait été la plus propre à échauffer les sens et l'imagination des artistes par la variété des tableaux sans nombre qu'elle leur offrait ; tandis que nos religions modernes ne présentent que des cérémonies froides et sans intérêt. Ajoutez à l'éclat des cérémonies païennes un costume si favorable à l'art, pour développer les grâces et le mouvement que l'ame imprime au corps. Si l'on parcourre l'histoire, on y trouve que dans toutes les villes grecques il y avait quelques fêtes particulières indépendamment des grandes solennités, où l'on se rendait de toutes les parties de la Grèce. Telles étaient les Panathénées ou fêtes de Minerve à Athènes, et les Dionysiaques en l'honneur de Bacchus ; les fêtes de Délos en l'honneur d'Apollon et de Diane, décrites avec tant de grâces dans Anarcharsis ; celles d'Eleusis, celles d'Esculape à Epidaure ; celles de Cérès, chez les Hermioniens ; à Naxos, d'autres fêtes de Bacchus ; les fêtes de Flore dans plusieurs endroits, etc.

Mais aucun peuple ne fut plus avide de fêtes que le peuple d'Athènes ; la plus petite bourgade de l'Attique avait les siennes ; aussi les arts y trouvèrent-ils plus qu'ailleurs des modèles à imiter. Je me réserve d'en parler plus amplement dans la suite,

(10) « Nous

(49)

(10) « Nous n'aurions point les poëmes d'Ho-
» mère. »

Les deux poëmes d'Homère seront éternellement
des sources où les artistes iront puiser des sujets.
Sans eux, que de tableaux, que de statues nous
aurions perdus ! Leur lecture échauffera toujours
le génie des peintres et des poëtes. Inépuisable
comme la nature, Homère inspira aux Grecs des
chefs-d'œuvres sans nombre ; nous lui devons les
productions de l'art qui ont le plus honoré les
siècles modernes. Le feu de son génie divin est
comme le soleil, il ne s'éteindra jamais ; et mal-
heur à l'artiste qui ne se sentira pas embrasé de sa
chaleur immortelle !

C'est encore à la Mythologie et à l'histoire des
tems héroïques de la Grèce que nous devons ces
deux poëmes sublimes. Quelle nation a été mieux
inspirée pour les arts !

(11) « Qui s'était elle-même enrichie des dé-
» pouilles de la Grèce. »

Les Grecs n'eurent aucun peuple à dépouiller
des chefs-d'œuvres des arts ; car aucun peuple
avant eux, ne les cultiva au point de les faire désirer. Ces enfans du génie, ces monumens de la
piété et de la reconnaissance, ces preuves de la
vénération pour la vertu, du respect pour les
talens, d'admiration pour la beauté ; enfin ces fruits
du bonheur public furent la proie de ces brigands,
qui ne devinrent les maîtres du monde que pour en

D

être les oppresseurs. Les Romains dépouillèrent la Grèce bien plus par cupidité que par une estime sentie des beaux arts : et cependant il faut encore leur savoir quelque gré , puisque nous leur devons des chefs-d'œuvres que des peuples plus barbares auraient peut-être détruits sans retour.

Le nombre prodigieux de statues , de tableaux, de trépieds et de vases , qui furent apportés à Rome ne se conçoit pas.

Claudius Marcellus enleva de Syracuse les premiers monumens de l'art que l'on vit à Rome.

Capoue fut dépouillée de toutes ses statues par Fulvius Flaccus.

Mummius (1) après avoir renversé Corinthe de fond en comble enleva tous ses monumens.

Marcus Scaurus , édile , fit enlever toutes les peintures des temples et des édifices publics de Sicyone.

Métellus dépouilla la Macédoine de ses plus beaux monumens.

Lucius Scipion , après la victoire de Magnésie , remportée sur Antiochus le Grand , fit transporter à Rome une quantité prodigieuse de statues.

Néron enleva du temple de Delphes cinq cents statues de bronze. Ce même Néron arracha aux Thespiens la statue célèbre d'un Cupidon, ouvrage de Phidias , laquelle périt à Rome dans un incendie et fut perdue pour tout le monde.

______

(1). Pausanias , Voyage en Achaïe.

Beaucoup d'autres enlèvemens furent faits par les Romains, qui ne sont pas présens à ma mémoire. Polybe, malgré son amour pour ces vainqueurs du monde, ne peut s'empêcher de leur reprocher leur cupidité.

On peut juger de la quantité de statues qui existaient à Rome, par ce qui reste ; car malgré les fureurs de la guerre et le renversement de cette grande capitale, il en existe encore un si grand nombre, qu'on ne les connaît pas toutes. On ignore ce que la terre recèle.

(12) « Des jeux, des spectacles, des combats, » des triomphes, etc. »

Il semble que les législateurs de la Grèce, dans toutes leurs institutions politiques, n'aient pensé qu'à offrir aux arts des objets qui pussent les conduire à la perfection et hâter leurs progrès.

Nous avons vu les fêtes religieuses ; celles-ci sont purement politiques. Elles présentent des tableaux, de mouvement, sans nombre, que la peinture n'épuisera jamais.

Que les artistes en lisent les détails dans Pausanias, et sur-tout dans le voyage d'Anacharsis, ils ne pourront résister au plaisir d'en tirer des sujets. Alors qu'ils comparent ces fêtes publiques aux fêtes flamandes, et qu'ils jugent lesquelles doivent inspirer des idées plus riantes, plus nobles, plus poétiques, plus séduisantes. Les unes et les autres

D 2

sont cependant des tableaux de la nature à imiter ; mais dans le style et dans les situations, quelle différence ! Si Teniers, avec son grand talent, avait eu à peindre des fêtes grecques, Louis XIV, qui ne jugeait qu'en roi, n'aurait pas dit : Otez-moi ces magots.

Combien les peintres grecs avaient d'avantage sur les nôtres par la beauté des sujets et des cités qu'ils avaient toujours devant les yeux, et que d'efforts nous avons à faire pour retracer sur la toile ces scènes ravissantes qui n'existent pour nous que dans notre imagination et dans les livres !

(13) « Les jeunes gens s'exerçaient nus dans les gymnases, à déployer leur force et leur adresse. »

Ceux qui connaissent les secours dont l'art a besoin, sentent combien ces exercices lui furent utiles pour voir, comparer, observer tous les mouvemens qui se modifient à l'infini. Des mœurs contraires durent nécessairement en empêcher les progrès chez les Perses, où il était indécent de découvrir aucune autre partie du corps que le visage et les mains.

Chez nous, les exercices publics ne seront pas plus utiles à l'art ; notre climat et nos mœurs s'opposent à ce que des combattans se présentent nus dans la lice : ainsi, quelle observation peut-on faire sur un athlète en pantalon et en gilet, dont les formes ne sont pas plus pittoresques que les noms ne sont poétiques et harmonieux ?

(14) « C'est - là qu'en réunissant les perfections » éparses, etc. »

Une preuve frappante des soins que les artistes grecs apportaient à la perfection de leur art, se trouve dans les entretiens de Socrate avec Parrhasius et le sculpteur Cliton, rapportée par Xénophon dans *les choses mémorables* de ce philosophe, traduction de Charpentier ; ce que j'en vais citer est une leçon qu'on devrait rappeler sans cesse à ceux qui veulent arriver à l'immortalité.

« Une fois étant entré (*Socrate*) dans l'atelier » de Parrhasius, peintre, il s'entretint avec lui de » la sorte : La peinture, n'est-ce pas une repré- » sentation de tout ce qui se voit ? car avec un » peu de couleur, vous représentez, sur une toile, » des montagnes et des cavernes, de la lumière » et de l'obscurité ; vous faites remarquer de la » différence entre les choses molles et les choses » dures, entre les choses unies et les raboteuses ; » vous donnez de la jeunesse et de la vieillesse aux » corps ; et quand vous voulez représenter une » beauté parfaite, comme il n'est pas possible » de rencontrer un corps où il n'y ait aucun » défaut, vous avez l'attention d'en considérer plu- » sieurs, et prenant de chacun ce qu'il a de beau, » vous en faites un tout accompli dans toutes ses » parties..... »

C'est ce que fit Zeuxis pour le tableau d'Hélène.

Dans le reste de cet entretien, Socrate parle du talent de rendre les passions et les expressions de l'ame avec la sagacité d'un grand maître. Ce qu'il dit à Cliton, regarde particulièrement la sculpture, relativement à l'attention qu'il faut avoir de bien rendre les différens caractères et les mouvemens propres à chaque action. Ces entretiens sont des cours de l'art.

(15) « La beauté n'était ni imaginaire, ni rare, » comme l'a prétendu l'auteur des Recherches sur » les Grecs. »

Si l'on en croit M. Paw (Recherches philosophiques sur les Grecs), les Grecs n'étaient ni beaux, ni bien faits en général. Pourquoi donc la beauté était-elle si fort l'objet de leurs soins, et quand on ne la connaît pas peut-on la deviner ? Je demande à l'auteur des Recherches philosophiques, où les Grecs ont-ils pris les modèles qui leur ont servi pour produire tant de chefs-d'œuvres ? Sans doute qu'il ne les a pas examinés ; voilà tout ce qu'on peut lui répondre.

(16) « Plusieurs villes suivirent cet horrible » exemple. »

Les arts ne furent pas complices de cette barbarie, puisque Lycurgue les avait proscrits. Les Spartiates n'outrageaient ainsi la nature, que pour perpétuer leur race saine et robuste. Ils condamnèrent à une grosse amende, dit Plutarque, Archidamus, leur roi, pour avoir épousé une femme de petite stature.

La force corporelle était si nécessaire dans ces tems antiques, que l'on sacrifiait tout à l'avantage de l'obtenir. Xénophon, dans l'histoire de la république de Sparte, nous apprend quelles furent les intentions de Lycurgue pour arriver à ce but. Les femmes, comme les jeunes gens, furent soumises aux exercices du corps, afin que, devenant plus fortes, elles enfantassent des hommes plus robustes. Quels modèles à offrir à la sculpture, si les Spartiates avaient cultivé les beaux arts ! Ici les causes morales contrarièrent la nature, tandis qu'à Athènes elles la secondèrent si puissamment.

(17) « Transportons-nous par la pensée sur les » bords de l'Alphée, vers le stade d'Olympie. »

L'on sait que les jeux les plus célèbres de la Grèce furent ceux qu'Iphitus institua en l'honneur d'Hercule. Leur célébration à Olympie se faisait avec une magnificence qui attirait tous les peuples du continent et des îles voisines. On s'y préparait long-tems d'avance. Les différens exercices qui les composaient, durent nécessairement être d'un grand secours à l'art, en lui présentant un nombre infini de tableaux variés. Ajoutez à cela les statues qu'on élevait aux vainqueurs, dont le nombre a dû être considérable pendant un long espace d'olympiades ; et il est étonnant qu'il n'en soit pas venu jusqu'à nous, car les Romains ne les auront pas oubliées. Les deux Discoboles que le Muséum possède , nous donnent la preuve de l'intérêt qu'avaient ces statues.

Je n'entrerai point dans les détails de ces jeux ; ils sont trop connus des personnes instruites : mais j'invite les artistes à les étudier ; ils sont faits pour échauffer leur imagination.

(18) « Les Romains , au contraire , en aban-
» donnaient la culture aux mains de leurs esclaves. »
C'est Pline lui-même qui fait ce reproche aux Romains. Cet avilissement des arts suivit la corruption des mœurs ; c'est ce qui doit paraître étonnant aux yeux de ceux qui croient que les arts corrompent les mœurs.

Dans les premiers tems de Rome, la peinture fut honorée (c'est encore d'après Pline que je parle). « Le nom de *Pictor* , affecté à l'illustre famille des
» Fabius , en est la preuve. Le premier qui le
» porta , peignit le temple de la déesse *Salus* ,
» l'an de Rome 450. » Plusieurs autres Romains honorèrent cet art en le cultivant ; mais ce n'était pas un goût national comme chez les Athéniens , et je ne trouve point dans l'histoire de Rome , aucune de ces marques de considération dont les Grecs savaient si bien récompenser les grands talens. Le siècle même d'Auguste n'en fournit aucun exemple , malgré le goût de cet empereur pour les monumens , et la haute estime d'Agrippa pour

les arts. Cicéron (1) écrivait sans cesse à Atticus, alors à Athènes, de lui envoyer des tableaux et des statues; mais il ne désigne aucun artiste par une estime particulière : cela prouve seulement qu'il en voulait beaucoup.

Plusieurs siècles après, Rome tranquille acquitta envers les beaux arts la dette de Rome guerrière. Ce fut au siècle de Léon X que les arts furent véritablement aimés, cultivés et honorés. Les Romains modernes mirent les talens au nombre des vertus, ainsi qu'à Athènes dans ses beaux jours.

(19) «Qu'on se rappelle l'estime d'Alexandre.»

L'édit du vainqueur de l'Asie, si honorable pour les trois artistes que j'ai cités, n'est pas la seule marque d'estime qu'il donna aux grands talens. Il honorait particulièrement Appelles de son amitié, l'allait voir souvent et le combla de bienfaits. La considération est une fumée qui échauffe le génie; quand on a su la diriger, elle n'a jamais manqué son effet ; mais il n'appartient qu'aux grands hommes et aux nations puissantes d'en faire usage avec succès.

(20) « Alors Athènes, Sicyone, Egine et Co-
» rinthe, ressusciteront du milieu de leurs dé-
» combres. »

Ces quatre villes furent les quatre écoles célèbres de la Grèce : c'est de leur sein que sont sortis tant

---

(1) Lettre de Cicéron à Atticus.

de chefs-d'œuvres et tant de merveilles des arts en tous genres. Athènes, par sa position et son commerce, fut la plus considérable, et sous le règne de Périclès, elle parvint à une splendeur qui, en lui assurant une gloire qui ne périra jamais, excita la jalousie de ses voisins, la cupidité des Romains, et causa sa ruine.

Sicyone eut une école dès la plus haute antiquité; c'est à elle que la Grèce dut le développement des talens d'Appelles, par les leçons de Pamphile, son maître. C'est en dire assez.

Corinthe fut une des plus puissantes villes de la Grèce par la beauté de sa situation, et les arts y furent cultivés avec succès. Strabon parle avec éloge des tableaux de Cléanthe, de cette école. Pline en fait autant des ouvrages de Cléophante, peintre de Corinthe, que l'on voyait encore de son tems à Lanuvium, où cet artiste vint du tems de Tarquin l'ancien.

Egine eut une école dont on fait remonter l'origine jusqu'au siècle de Dédale. La sculpture surtout y fut très-cultivée; et le grand nombre de statues qui en sortit, répandues dans toute la Grèce, étaient remarquables par leur perfection et la manière dont elles étaient travaillées; on les désigna par le nom de Statues Eginètes.

Les lecteurs qui voudront prendre connaissance de plus grands détails sur ces écoles célèbres, peuvent lire l'histoire de l'art de Winckelmann; elle ne leur laissera rien à désirer.

Il est tems de finir ces notes , nécessaires au développement de mon Mémoire , par un vœu que l'amour des arts m'a toujours inspiré : c'est que l'intérêt des puissances de l'Europe s'accorde avec celui des beaux arts , en rendant la liberté à la Grèce, leur patrie, opprimée depuis si long-tems par le despotisme et l'ignorance musulmane. Que les Turcs retournent dans l'Arabie , et que le même sol qui n'a cessé de produire les mêmes plantes depuis les siècles de Périclès et d'Alexandre , reproduise les mêmes talens que dans les beaux jours de sa gloire. En rétablissant les causes , les effets s'en suivront.

[illegible] regard to [illegible]
[illegible]
[illegible]
[illegible]
[illegible]
[illegible]
[illegible]
[illegible]
[illegible]
[illegible]
[illegible]
[illegible]